꽃 피는 삼월

남원자 시집

시음사
시사랑음악사랑

남원자 시인의 詩 속에 꽃이 피어나고
그 향기 따라 행복의 미소가 가슴에 스민다

어린아이처럼 환하게 웃는 남원자 시인을 볼 때마다 절로 기분이 좋아진다. 수줍은 듯하면서도 밝은 성격과 온화한 성품으로 '봄'날 같은 인생을 살아가고 있는 시인의 모습이 어느 꽃보다 더욱 아름다워 보인다. 그 삶처럼 시인의 '詩' 세계를 보면 깨끗하고 순수하면서 담백하고 참 서정적이다.

남원자 시인의 "꽃 피는 삼월" 시집은 제1부 꽃 피는 삼월, 제2부 비 오는 날의 수채화, 제3부 내 눈에 콩깍지, 제4부 동지 팥죽, 제5부 사랑하는 그대여로 구성되어 있다. 시인의 시를 가만히 들여다보면 그녀를 둘러싼 모든 삶의 주변이 그리고 사물이 또한 자연이 주는 모든 선물이 시상(詩想)되어 누구나 쉽게 이해할 수 있고 공감할 수 있는 필력(筆力)으로 남원자 시인만의 시가 되어 "꽃 피는 삼월" 시집으로 피어났다.

남원자 시인의 시를 감상하다 보면 아이처럼 해맑고 깨끗한 마음, 때로는 소녀처럼 설레는 마음과 풋사과처럼 향긋함도 느껴오고 시에 대한 열정과 도전, 그리고 지나온 세월만큼이나 묵직한 사랑과 믿음, 때로는 슬픔과 그리움이 고스란히 녹아있어 여러 층의 독자와 공감대를 형성할 수 있으리라 본다.

생동감이 있고 희망이 가득한 봄날에 남원자 시인의 "꽃 피는 삼월" 첫 시집이 출간될 수 있음을 축하한다. 이제 시인의 손에서 떠난 시집이 많은 독자의 손에 들려 그 시향이 오랫동안 머물고 사랑받기를 바라면서 "꽃 피는 삼월" 시집을 기쁜 마음으로 추천한다.

(사)창작문학예술인협의회 부이사장 **박영애**

시인의 말

지금까지 지내 온 삶
누가 쫓아오기라도 한 것처럼
숨 가쁘게 살았습니다

이제 뒤돌아볼 여유가 생겨서 보니
강산이 여러 번 바뀌고 산천초목이 바뀌고
중년에 이르러 파랑새의 꿈을 찾았습니다

창가에 비치는 달빛
밤새 지구별을 지키느라고 얼마나 힘이 들었을까
사연도 많은 꿈나라 속을 여행하느라고 잠 못 이루었다

달이 기울고 별이 뜨는
새벽녘에 우연히 마주친 별 하나
저 별은 나의 별이다

10년 전에 버킷리스트 중에
마지막 하나는 시집 출간하는 것이었습니다
문학소녀라는 별명을 가지고 살았지만
힘겨운 삶을 살아오다 보니
중년에 이르러 시인이 되었습니다

소녀 같은 감성으로 시와 함께 삶을 노래하고
독자님들에게 꿈과 희망을 주고 공감이 가는 시로
오래도록 사랑받는 시인이 되고 싶습니다.

"꽃 피는 삼월"처럼 항상 꽃길만 걸으시기를 바랍니다

출간을 위해 수고하신 김락호 이사장님 박영애 부이사장님
이은희 편집국장님 선후배 문우님들 독자님들
언제나 의의 수호신 남편과 가족들과 함께 영광의 기쁨을
함께 나누고 싶습니다.

2024년 어느 봄날에
시인 남원자

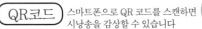 **QR코드** 스마트폰으로 QR 코드를 스캔하면 시낭송을 감상할 수 있습니다

 본문 시낭송 감상하기

제목 : 파랑새
시낭송 : 박영애

제목 : 꽃 피는 삼월
시낭송 : 박영애

제목 : 가을 나들이
시낭송 : 최명자

제목 : 희망을 노래하다
시낭송 : 박영애

제목 : 비 오는 날의 수채화
시낭송 : 박영애

제목 : 돌멩이 위에 앉아서
시낭송 : 박영애

제목 : 사랑의 길
시낭송 : 박영애

제목 : 이밥꽃
시낭송 : 박영애

제목 : 사랑하는 우리 엄마
시낭송 : 박영애

제목 : 나팔꽃
시낭송 : 박영애

제목 : 너는 별처럼
시낭송 : 박영애

제목 : 해바라기 같은 당신
시낭송 : 박영애

제목 : 양복 한 벌
시낭송 : 박영애

제목 : 아버지의 손길
시낭송 : 박영애

제목 : 내 눈에 콩깍지
시낭송 : 박영애

제목 : 이 사랑 영원히
시낭송 : 박영애

제목 : 가을이 오면 생각나는 사람
시낭송 : 박영애

제목 : 정원이 아름다운 전원주택
시낭송 : 박영애

제목 : 가을의 길목에서
시낭송 : 박영애

 제목 : 동지 팥죽
시낭송 : 박영애

 제목 : 새봄이 첫 만남
시낭송 : 박영애

 제목 : 추억의 놀이
시낭송 : 박영애

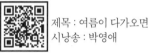 제목 : 여름이 다가오면
시낭송 : 박영애

 제목 : 추억의 선물
시낭송 : 박영애

 제목 : 사계절 선물
시낭송 : 박영애

 제목 : 겨울 애상
시낭송 : 박영애

 제목 : 사랑하는 그대여
시낭송 : 박영애

 제목 : 아버지의 지게
시낭송 : 박영애

 제목 : 하모니카 부는 사나이
시낭송 : 박영애

 제목 : 여자의 일생
시낭송 : 박영애

 제목 : 오일장
시낭송 : 박영애

 본문 시낭송 모음 1

 본문 시낭송 모음 2

영상은 YouTube 정책 또는 운영 관리에 따라 삭제될 수도 있습니다.

시인은 자연을 이야기하고 시낭송가는 자연을 품었다
글자는 날개를 달아 언어로 날고 소리는 자연에 눕는다

* 목차

제1부 꽃 피는 삼월

제2부 비 오는 날의 수채화

* 목차

제3부 내 눈에 콩깍지

* 목차

제4부 동지 팥죽

* 목차

제5부 사랑하는 그대여

제1부 꽃 피는 삼월

파랑새

바람 하나 없는 파란 하늘에
솜털 같은 흰 구름이 두둥실 떠다니는
가을 문턱에 잠자리 살포시 내려앉는다

푸른 하늘에 꿈을 실은 생각들이
새들과 함께 구름 속을 유영하며
하늘하늘 날아다닌다

나룻배 한 척이 지난날을 회상하며
추억의 보따리를 싣고
하늘과 맞닿은 드넓은 바다를 항해한다

파랑새를 찾아 헤매던 꽃다운 나이
시계는 돌고 돌아서 중년이라는
종착역에 나를 데려다주었다

꿈을 찾아 세월을 좇아가던
지난날 꽃 같은 청춘이여
이토록 아름다운 세상을
파랑새를 찾고 나서야 알았다.

제목 : 파랑새
시낭송 : 박영애
스마트폰으로 QR 코드를 스캔하면
시낭송을 감상할 수 있습니다

제1부 꽃 피는 삼월

꽃 피는 삼월

동쪽에서 뜨는 해
서쪽으로 기울듯이
세상이 어수선해도
자연의 순리대로 찾아온다

매서운 바람의 겨울도
따뜻한 봄 햇살에 쫓겨가고
산에는 연분홍 진달래꽃이 피고
들에는 민들레꽃 어여쁘게 피었다

새싹이 굳은 땅을 솟아오르듯이
내 가슴속에 심어놓은 꿈 하나
새파랗게 피어오른다

개나리꽃 피고
종달새 노래하는 꽃 피는 삼월
내 마음속에 심어 놓은 꿈 하나가
봄볕에 피어오르는 새싹처럼 힘차게
쑥쑥 솟구쳐 오른다.

제목 : 꽃 피는 삼월
시낭송 : 박영애
스마트폰으로 QR 코드를 스캔하면
시낭송을 감상할 수 있습니다

가을 나들이

아침 안개를 가르며
굽이굽이 산길을 돌아
가을을 찾아 나선다

벌써 내 맘 아는지
가을 나무들이 채색옷을 입고
춤추는 코스모스꽃이랑 함께
반갑게 나를 맞아준다

어느새 이렇듯
가을이 곱게 물들었는지
빛나는 들녘은 황금빛이고
울긋불긋 가을 산도 눈부시어
나는 황홀한 영화 속 주인공이 되었다

샛노란 들국화가 소담스레 피어나
꿀벌들과 함께 풍년가를 부르고
나는 따끈한 바위에 앉아 마음의 시를 썼다

바쁜 일상에 젖어 하마터면 놓칠 뻔했던
혼자만의 가을 나들이가 너무 행복하다고

제목 : 가을 나들이
시낭송 : 최명자
스마트폰으로 QR 코드를 스캔하면
시낭송을 감상할 수 있습니다

제1부 꽃 피는 삼월

희망을 노래하다

파란 하늘 실 구름 사이
아주 강렬한 태양은
풍차와 회오리 같은 원을 그리며

연둣빛 향기와 봄노래가
상큼하고 따뜻하므로
내 가슴에 포근히 안긴다

저 넓은 들녘 아롱아롱 아지랑이
연초록 향기 뿌리며
너울너울 춤을 추면서 날아온다

보일 듯 말 듯 저기 언덕 들판에
종달새 지지배배 오늘을 노래하고
아롱아롱 아지랑이 잡힐 듯
가물가물 다가와 가슴에 안긴다

동지섣달 꽁꽁 얼어붙은
온 마음을 열고 들어가
봄을 노래하고 환희에 박수를
강렬한 태양 가득히 받아
희망 가득한 봄을 노래하리라.

제목 : 희망을 노래하다
시낭송 : 박영애
스마트폰으로 QR 코드를 스캔하면
시낭송을 감상할 수 있습니다

14

생명수

영혼을 울리는 봄비
메마른 대지를 적시네

풀과 나무들이 웃으면서
생명수를 마신다

시원스레 내린 생명수
내 몸속에 오물도 씻겨

외로움도 사랑도
환하게 비춰줄 거야

환하게 웃으면서
피어날 예쁜 꽃들

여기저기서 아우성치고
손 내밀고 미소 짓네

이 비 그치고 나면 해님도 반짝
미소 짓는다

15

새봄이 첫 만남

새봄아
너는 은하수 별처럼
아빠 엄마에게 큰 선물로 다가왔다

너를 처음 보았을 때
천군만마를 만난 듯이
가슴에서 뜨거운 눈물이 흘러내렸다

점 하나로 맺어진 인연
가족의 울타리를 만들어 주고
혈통을 이어주는 끈이 되었다

뜬눈으로 지새운 밤이 아깝지 않도록
웃음과 행복을 주고
건강하고 씩씩하게 잘 자라기 바란다.

제목 : 새봄이 첫 만남
시낭송 : 박영애
스마트폰으로 QR 코드를 스캔하면
시낭송을 감상할 수 있습니다

16

건망증

아침을 열어서 해를 보아도
잊히지 않는 건망증 때문에
오늘도 후회하고
뇌에 잊지 말라고 세뇌를 시킨다.

베란다에 가서도 멍하니
길 잃은 강아지처럼 서성거리다가
또 잊어버리고 그냥 돌아온다

인간은 생각하는 동물이라
무수히 많은 생각을
이제는 뇌에 쉴만한 여유를 주자

세월에 무상함에 누구를
탓하리오. 내 탓이다.

많은 기다림으로 쉼을
뇌에 이젠 서서히 느리게
친구 하면서 가자고 하자.

제1부 꽃 피는 삼월

너와의 추억

창가에 기대어 살포시 눈 감으면
문득 떠오르는 너와의 시간
유성처럼 스쳐 가는 세월 속에
추억만을 남겨주고 떠났다

사계의 시간 속에서
아이들과 함께 성장하는 모습이
파노라마처럼 지나가는 흔적들
그 속에 네가 있었다

그 옛날 너를 볼 때는
어느 별에서 왔는지 두 눈은 반짝반짝
찰칵하는 소리에 깜짝 놀라
가슴이 콩닥거리고 설레었다

지금은 골방에서 잠자고 있지만
지난 세월 함께한 시간이 주마등처럼
파란 하늘에 구름이 흘러가듯
내 마음속에
행복했던 순간들이 스쳐 간다.

장미의 계절

담장에 피어 있는 꽃을 보면
어릴 때 가시에 찔린 기억이
몽글몽글 피어오른다

아버지는 담장 밑에 장미를 심어
꽃으로 울타리를 만들어 놓고
임이 오는 계절이 돌아오면
덩굴장미가 아름답게 수를 놓았다

빨간색 분홍색 저고리 입은 색시들
다정한 연인들이 함께 사진을 찍는다
사랑의 향기가 가득한 꽃밭에서
예쁜 포즈로 추억의 앨범을 만든다

가지마다 매달린 봉긋봉긋 꽃송이
비를 맞고 환하게 웃는 모습이
어린 시절 행복한 가족의 모습 같았다.

제1부 꽃 피는 삼월

위풍당당 그녀

그녀는 용감했다
일제 강점기에 일본군에게
멱서리를 잡고 호령했었다

그 당시엔 힘이 없고 가난했던 시절
일본군 이름을 써야 했다
총을 겨누며 식량을 빼앗아 갔던 일본군

여리고 가냘픈 조그마한 키의 아낙네
별명은 호랑이 예쁘고 어여쁜 여인
목소리는 우렁차고 용감했다

그 누구도 함부로
덤비지 못하고 도망을 갔다.
무서운 일본군도 호랑이는 건드리지 못했다

위풍당당 그녀 우리 할머니
지금은 높고 높은 곳에서
연두, 초록색 치마 두르고
이름 석 자 비석 앞에 잔디 이불 덮고
편안히 주무시고 계신다.

너는 별처럼

너는 별처럼
아빠와 엄마에게 큰 선물로 다가왔다

잠자는 모습은 천사 같고
웃는 너의 모습은 꽃처럼 예쁘다

너의 꿈나라 속에는
항상 즐거운 일만 있는지
방긋방긋 꽃처럼 웃는다

이 세상 멋지게 살아 보겠다고
두 주먹 불끈 쥐고 있는 양손이 힘차다

수정처럼 맑은 눈동자로
세상을 밝고 아름답게 바라보아라

오뚝 솟은 콧날은
세상을 높게 보라고 높은 거야

아름다운 앵두 같은 작은 입술은
말을 조금만 하고 이쁘게 하라고
앵두처럼 이쁘게 생긴 거야

두 귀를 바라보아라.
말은 조금만 하고 듣는 것은
아름답고 좋은 말을 담고
한쪽 귀는 나쁜 말은 걸러서 담아야 한다.

제목 : 너는 별처럼
시낭송 : 박영애
스마트폰으로 QR 코드를 스캔하면
시낭송을 감상할 수 있습니다

제1부 꽃 피는 삼월

아리랑

아리랑 아리랑 아라리요
아리랑 고개로 넘어간다

우리 부모님 노랫가락에
어깨가 들썩들썩

손뼉 치면서 노래 부르리
눈물로 부르는 어버이 은혜

어느새 세월이 흘러
팔십 고개로 넘어간다

육십 평생을 같이 살고
울고 웃는 아리랑고개

한 고개 넘어갈 때
건강도 같이 가리요

사랑하는 우리 부모님
만수무강 비옵니다.

꽃향기 찾아서

시원한 바람과 함께
춤을 추는 아카시아꽃
손을 흔들며 유혹한다.

쌀 튀밥을 하얗게 뿌려놓은 듯
하얀 쌀가루 흩날리며
바람에 나풀나풀 춤을 춘다

바람에 꺾어질까
넘어질까 가녀린 꽃들
어서 오라고 손짓하며
향기로 유혹하며 부른다

어디서 날아왔는지
벌들이 먼저 와서 키스하고
아름다운 꽃향기를 찾아
높이 멀리 날아서 간다

녹음이 짙어가는 초록 물결은
뜨거운 햇살 받으며
여름을 준비하고 있구나!

제1부 꽃 피는 삼월

비 내리는 밤

하늘에 구멍이 났는지
지구가 울고 있는지
쉼 없이 쏟아지는 빗소리
세차게 난타 공연을 한다

무대도 없이 배우들도 없이
현란한 난타 공연으로
밤이 새도록 투두둑 투두둑 주룩 주르륵
무료 공연을 하고 있다

비를 만나면 좋아라
데이트 생각에 웃음이 절로 나오고
근심 걱정이 없이 좋았던
어린 시절로 돌아가고 싶은 밤이다

뒤 베란다에 슬그머니 나타난
개구리들의 합창 소리
엄마 찾는 소리인가 구슬프게 들리고
시원한 바람이 불어와 여름밤을 위로한다.

내 고향

산새들이 아름답게 지저귀고
봄이면 지리산 자락에 진달래
산수유 꽃그늘 아래 드리운 마을
아리따운 홍매화가 마중한다

엄마 아버지 멀리서 보이면
달맞이하고 숨바꼭질하던 기차역
섬진강 기차마을에 청춘을 싣고
오월의 젊음을 싣고 떠나간다

수억만 송이의 장미가 향연을 이루고
오월의 여왕은 요염하게 앉아서
세계인들의 사랑을 받는다

오월이 되면 더욱더 그리운 고향
푸르른 들판에 청보리가 손짓하고
졸졸 흐르는 개울가에서 참게 잡고
두둥실 구름 흘러가는 그리운 고향이다.

제1부 꽃 피는 삼월

청보리밭 추억

봄볕에 파랗게 피어나는
잊었던 기억들이 하나씩
파노라마를 보는 것처럼
앨범을 펼치듯 떠오른다

파란 하늘 아래 흰나비 날고
종달새가 노래하는 뒷산에
까까머리 단발머리 학생들
고향에 두고 온 친구들 생각난다

까칠 가칠한 수염을 입에 물고
따가운 줄도 모르고 피리 불고
까맣게 그을린 손으로 호호 불던
껌으로 씹던 그리운 청춘이다

초록 물결 이루는 곳에서
숨바꼭질하고 놀았던 유년 시절
친구가 좋아 책가방 던져 놓고
해가 서산에 걸릴 때 엄마 찾는다.

제2부 비 오는 날의 수채화

순애보

한여름에 매미가 운다
아니 구애한다
이토록 따사로운 햇살 아래
귀가 따갑도록 사랑한다고 합니다

서로 다른 환경에서
나고 자라서 어느 날 성인이 되어
천생연분 배필을 만났습니다

성격도 서로 다르고
맞지 않는다고 티격태격했던
지난 시절은 저 흐르는 강물에
흘려보내고 나룻배에 탑승합니다

그대는 배 나는 항구
배를 타고 노 저어 갑니다
그 길이 가시밭길이라도
감사하면서 걸어가리라

둘이 하나 부부가 되어
세월의 강을 같이 넘고
검은 머리 파뿌리 되어도
천생연분 그대는 나의 사랑입니다

신장에 구멍이 나면 메꾸어 주고
나누어 주는 그대는 천사요
갈빗대 사랑이라 그 사랑 영원하여라
하나님도 사랑하는 부부입니다.

가을 풍경

창밖으로 보이는 가을 풍경
너무 아름다워 문을 활짝 열어
가슴으로 안아본다

여름날의 푸르름은 왕성하고
화려한 젊은 날의 삶과 애환
인생의 절정으로 달리는 시기와 닮았다

가을이 옷을 갈아입고 채비한다
나는 인생이라는 톱니바퀴에서
삐걱거리고 비틀거리며 산다

이 가을 아름다운 계절
바람에 흔들리며 비에 젖는
낙엽을 밟으며 인생길을 걷는다.

비 오는 날의 수채화

피아노 선율에 맞추어
경쾌하게 내리는 빗방울
나뭇잎 사이로 사각사각 흘러내린다

운무에 쌓인 구름 속으로
녹음이 짙어가는 오월을 뒤로하고
장미꽃의 화려함도 서서히
고개를 숙이고 있다

높은 산의 웅장함도 운무에 싸여
하얗게 피어오르는 꽃송이 같다
뭉게구름 속에서 신호를 보낸다

거대한 용 구름도 꽃이 되어
수채화처럼 그림을 그리고
운무 뒤에 숨어 있는 하얀 조각들
비 내리는 숫자만큼 사랑의 멜로디가 된다

자연의 아름다움 속에서 나뭇잎들이
너울너울 춤을 춘다
꽃들은 수줍어서 고개를 들지 못하고
새들은 좋아라! 하늘을 날아다닌다.

제목 : 비 오는 날의 수채화
시낭송 : 박영애
스마트폰으로 QR 코드를 스캔하면
시낭송을 감상할 수 있습니다

돌멩이 위에 앉아서

한적한 강가 돌멩이 위에 앉아서
하늘 한번 쳐다보고
강물 한번 쳐다보고
물속에 비친 아름다운 파란 하늘

이보다 더 행복할 수 있는가
울창한 숲속에는 새들 노래하고
호랑나비와 모기가 윙윙거린다

발밑에 지나가는 작은 고기떼
발바닥을 간지럼이고 지나간다

졸졸 흐르는 시냇물
탁자 위에 맛있는 음식을 먹으면
금상첨화 임금님도 부럽지 않다

강물 속에 지나간 추억들이 보인다
검정 고무신에 작은 새우를 잡고
물장구치던 어릴 적 추억의 친구들
흐르는 물속에 아련하게 떠오른다.

제목 : 돌멩이 위에 앉아서
시낭송 : 박영애
스마트폰으로 QR 코드를 스캔하면
시낭송을 감상할 수 있습니다

민들레 홀씨

척박한 땅
바위틈 어두운 곳
노란 꽃 피고
활짝 웃는다

하얀 날개 달고
새로운 세상
하늘 높이 날아
소망의 꽃 피운다.

33 　제2부 비 오는 날의 수채화

모란꽃

사랑하는 자식을 위해
내 한 몸 던지시고 사셨던 곱디고운
당신은 나의 모란꽃입니다

육신은 무너지고 아파도
자식 생각 걱정에 몸을 던지시던
나의 모란꽃입니다

어머니 우리 어머니
아픈 가슴 내려놓으시고
편히 지내십시오

못난 자식 어머니를 위해
새벽마다 정성 지펴 기도 올리옵니다

내 사랑하는 어머니
오래오래 만수무강하시옵소서
사랑합니다
나의 어머니

* 어버이날 지은 시

능소화

화려하고 요염한 자태로
담장에 올라 주홍색 드레스 입고
누구를 기다리는가? 능소화야

여름날에 그 누구와 정열적인
사랑을 하고, 이별하고

그리움에 목이 메어
담장을 넘어 사슴처럼 목 빼고 기다리다
어여쁜 꽃으로 환생했구나

오늘도 담장에 올라 사슴처럼 목 빼고
그분이 오기만을 기다리면서.
하늘만 쳐다보고 있구나!

비둘기 사랑

내 맘속에 꼭 저장해 놓은 당신
파릇파릇한 잎을 보면 눈물이 납니다
바람이 불어 좋은 날도 있지만
흐리고 안개 낀 날 벤치에 앉아
어슴푸레한 물풀 보면서 환희에 젖는다

고즈넉한 찻집에서 아메리카노 한 잔에
봄, 여름, 가을, 겨울 아름다운 계절
비발디의 사계를 귀 기울여 듣는다

항아리 깊은 곳에 담고 꺼내 놓지 못해
흘러가는 시냇물에 종이배 띄워서
통통거리며 흘러 흘러서 노 저어갑니다

새가 울고 노래 부르는
멜로디처럼 아름다운 화음으로
함께 노래 부르면서 인생길 갑니다.

아기 꽃

아침 이슬 먹고
맑은 햇살 받으며
나들이 나온 아가들

가던 길 멈추게 하고
눈길을 붙잡아서
나지막이 쳐다보았다

나비의 유혹에
초록 치마에 사랑을
아낌없이 퍼부어 주고

사뿐히 날아올라
내 가슴에 안긴 너
솔솔 사랑의 향기가 난다.

벚꽃 사랑

하늘에 벚꽃길 터널을 뚫고
개나리꽃 터널로
너와 내가 귀여운 포즈로 함께 걸으며
행복한 추억을 담는다

들길을 지나 꽃길 속으로
벚꽃 개나리 진달래 누가 누가 더 예쁜가
사랑스럽게 키 재기 한다

아름다운 강산에 꽃이 피었네
새봄이 왔네
얼씨구 절씨구 어깨춤이 저절로
아름다운 황홀경에 빠진다

벚꽃 진 자리에 꽃비가 내리고
안아보지도 못한 채 떠나보내야만 하는가
짧지만 아름다운 사랑이었네!

고요함 속에 나

모두가 잠든 고요한 밤에
개구리 울어대는 소리 구슬프다
엄마 찾느라고 울어대는 영혼의 소리인가

낮에는 들리지 않던 문 여닫는 소리
고요한 밤에 잘도 들리고 있다

삐거덕삐거덕 뭐가 맞지 않는 것일까
소리가 들린다. 적막함이 흐른다

멀리서 개 짖는 소리
고양이 짝 찾는 소리 야옹야옹
이웃사촌들의 웃음소리까지 들린다

검은 하늘에 두둥실 떠 있는 달님
반짝반짝 빛나는 별님과 함께
나를 꿈나라로 안내하고 있구나!

모닝콜

아침에 눈을 뜨면
새벽부터 새들이 날아와
아침 인사로 모닝콜 노래를 한다

까치는 자기 둥지를 찾기 위해
까딱 내 둥지 달라고 노래를 부르고 있다

참새들 가족들 모이라고 합창한다.
엄마가 아기들 찾는 소리 너무 아름답다
오카리나를 부는 천상의 소리

앞산에는 뻐꾸기 뒷동산에는 부엉이
아름다운 둥지에서 사는 나
행복한 것인지 새들의 노랫소리에
사랑의 시 멜로디로 불러 본다.

고마운 인연

언제나 문학을 꿈꾸는 문학소녀
어릴 때부터 글쓰기를 좋아하고
남을 배려하는 마음이 아름다운 그녀
재주를 잘 부리는 같은 띠동갑

나와 닮은 인연을 만났습니다
성격은 잔잔하고 바다처럼 넓으신
마음씨도 비단결처럼 아름다운 그녀

부모님은 다른데 혈액형도 같고
대기 중에 떠 있는 물방울 모여서
햇빛을 받아 일곱 빛깔의 고운 무지개
예쁜 색깔을 가지고 멋진 인생을 사신

고운 인연을 만나 제2의 인생
꿈을 이루게 해 주신 고마운 인연
영원히 함께 할 사랑하는 인연이여

늘 생각나는 사람 생각만 해도
기분 좋아지는 사람 그대가
영원히 건강하고 행복하길 기도드립니다.

사랑의 길

꽃잎이 팝콘 터지듯
팡팡 터지는 예쁜 봄날
개나리, 진달래, 민들레가 수놓은 봄
내 마음도 꽃피고 있었다

비가 내리는 햇살 아래
그대와 걷던 추억이 새록새록
발걸음도 가볍게 옷차림도 가볍게
사랑의 길을 걸어간다

입을 가리고 침묵하는 연인들이
생동하는 봄날과 함께
예쁜 햇살 속에 사랑하는 사람과
팔짱을 끼고 걷는다

그대와 걷던 추억의 그 길
검은 머리 파뿌리 되어도
먼 훗날
사랑했으므로 행복하였노라 말하리라.

제목 : 사랑의 길
시낭송 : 박영애
스마트폰으로 QR 코드를 스캔하면
시낭송을 감상할 수 있습니다

해를 보며

영롱하게 떠오르는 해
새벽잠을 깨우게 하고
카메라 셔터를 눌러 너를 안았다

이 순간을
영원히 간직하고 싶지만
너는 더 뜨겁게 강렬한 눈빛으로
세상을 밝히고 있구나

뜨겁지만, 오늘을 잡고 싶은
간절한 소망일까?
놓치고 싶지 않은 이 순간
카메라에 고이 담았다.

영롱하게 떠오르는 너
밤새도록 지구를 돌면서
무슨 생각을 했을까

엄동설한 무풍 한설
세찬 바람도 잠재우고
따뜻하게 다가온 너
너와 함께 시작하는 하루가 축복이다.

벗나무 인생

넓고 푸른 초원
드넓은 호수
아름다운 경관과 벗 삼아
이야기할 수 있는 오늘이 좋다

봄에 잉태되었던 벗나무
하늬바람 꽃바람 불어
비바람에 함께 사라진 꽃
아쉬워서 꽃 눈물 흘렸다

오늘이 아니면 볼 수 없는
연두색으로 물들인 나무들
꽃 진 자리에 화려하게
비 오는 날 수채화 그렸다

바람에 흔들리고 비에 젖어
시원한 그늘이 되고
가을에 열매를 맺듯이
내 생애 이름 석 자
남기고 떠나고 싶다.

인생 여정

기나긴 터널 속에서 헤맨다
길을 찾아 떠나는 인생 여행길
꽃길을 찾아 떠나는 길은 행복합니다

높은 산에 오르막길도 걸어 보고
내리막길도 걸어 보았다
사람이 살아가면서 평탄한 길만
있으면 사는 의미가 없을 것입니다

지나간 세월 주마등처럼 흘러
구름 속에 두둥실 떠 있는
하얀 조각배에 꿈 보따리 싣고서
인생 여정을 떠나 봅니다

저 파란 하늘 어디쯤
반짝반짝 빛나는 별 찾아
새가 되어 훨훨 날아서
인생 여정 떠나 봅니다.

이밥꽃

팝콘이 팡팡 터지던 날
보릿고개 힘들게 넘던
부모님과 동생들 함께 지낸
어린 시절 생각이 난다

기름기 자르르 흐르는
하얀 이밥을 동생들 몰래
고봉으로 꾹꾹 담아 주시며
배고프지 많이 먹고 힘내라

어머니는 이밥을 먹고 싶어도
자식들 생각에 배고프다고
말씀도 못 하시고 뱃속에서는
꼬르륵꼬르륵 소리 요란했다

그 고향길 언덕에도
쌀밥 꽃 하얗게 피었을까
고생만 하신 어머니께 이밥 수북이 담아
고봉밥 한 그릇 차려 드리고 싶다.

* 이밥 : 쌀밥
* 이팝 꽃말 : 영원한 사랑

제목 : 이밥꽃
시낭송 : 박영애
스마트폰으로 QR 코드를 스캔하면
시낭송을 감상할 수 있습니다

46

제3부 내 눈에 콩깍지

사랑하는 우리 엄마

웃음이 많으신 우리 엄마
마음이 슬퍼도 몸이 아파도
언제나 기쁘신 것처럼
아무런 내색 없이 웃으십니다

자식들 함께 모이면
입가에 웃음꽃 활짝 피우고
맛있는 것 챙겨 주시며
박꽃같이 환하게 웃으십니다

아무리 작은 것이라도
자식들의 마음이라면
무조건 만족하게 받아 주시며
목화솜처럼 따뜻하게 웃으십니다

길고 긴 팔십 년 세월
자식들의 뒷바라지를
웃음으로 감당하신 우리 어머니
오늘은 절뚝절뚝 다리를 저십니다

자식들 걱정될 세라
단 한마디 내색 없이 절뚝이시는
어머니의 걸음이 가엾어 눈물 납니다.

제목 : 사랑하는 우리 엄마
시낭송 : 박영애
스마트폰으로 QR 코드를 스캔하면
시낭송을 감상할 수 있습니다

내 눈에 콩깍지

인연이란 것이 참 묘하다
사진만 보고도 첫눈에 반하고
눈 덮인 하얀 초가집처럼 따뜻한
평생 같이 살아도 행복할 사람

제 눈에 안경이라
구겨진 옷을 입어도 멋지고
수염은 덥수룩해도 멋있는
짜장면 한 그릇을 먹어도
둘이라면 행복한 순간들

남산에 많은 계단도 폴짝폴짝
사랑에 눈이 멀어서 선택한 사람
둘이 서로 눈이 마주치면
눈에서 사랑의 큐피드가 날아간다

지금은 아이들은 다 떠나보내고
등 긁어주고 아픈 다리 주물러 주고
서로의 건강을 위해 기도하면서
나머지 인생도 콩깍지가 벗겨질 때까지
서로 의지하고 사랑하며 살아간다.

제목 : 내 눈에 콩깍지
시낭송 : 박영애
스마트폰으로 QR 코드를 스캔하면
시낭송을 감상할 수 있습니다

새 봄

어린아이가 눈을 뜨고
버들강아지 솜털이 반짝
눈망울이 촉촉해진다

말없이 떠나버린 너
봄바람과 친구 되어
소리 없이 다가왔다

반작이는 맑은 저 태양은
두 손 들고 쑥쑥 자라고 있는
어린 아기를 웃음 짓게 한다

작년에 왔던 제비도
노래하는 새들도
둥지를 찾아 다시 왔다.

파란 하늘에는 매화가
두둥실 춤을 추고
활짝 웃고 있다.

아 행복해하는 당신이 좋아요.

쓸쓸한 가로수

가로수에 늘어뜨린 예쁜 꽃길
그 길을 따라 추억을 만들고
흔적을 남긴다

분홍 드레스 입고 웃으며
너울너울 춤을 추고
어서 오라고 손짓한다.

반겨 주는 이도 없고
사랑해 주는 이 없어도
여전히 춤을 춘다.

언덕 위에 노랗게 핀 개나리
서로서로 어깨동무하고
라일락꽃 아름다운 향기로
유혹한다.

인적 없는 쓸쓸한 거리에는
사회적 거리 두기로 폐쇄된 길가엔
입을 막고 아무도 웃지 않는다.

담벼락에 핀 해바라기

높고 파란 하늘에
두둥실 떠 있는 하얀 솜사탕
잡으면 잡힐 듯 잡히지 않는다

담벼락 사이에 핀 해바라기꽃
해를 쳐다보면서
나 좀 쳐다보라고 예쁘게 웃는다

담벼락 사이에 노랗고 예쁜
해바라기 한 송이 꽃
노랗게 노랗게 예쁘게 피었다

고추잠자리 높이 날아다니면서
기쁜 소식 전하러 다닌다.

엄마의 애마

열아홉 살 꽃다운 나이에 시집와서
아들딸 오 남매 낳고
어려운 살림 보태려고 온갖 일 다 하고
지나온 세월 야속도 하지

학교 졸업시키고 시집과 장가보내고
손주들 재롱에 세월 간지도 모르고
일만 하다가 세월 다 보냈다

가난에 찌들어 허리 한 번 들지 못하고
여생을 일만 하다가 보내야 하는
한 많은 인생살이가 슬퍼서 눈물만 나온다

다리에 연골이 닳아서 걸음을 걸을 수도 없고
휠체어에 몸을 맡기고 한 걸음 한 걸음
걸을 수 있을 때가 고마웠다고 기도드린다.

철쭉꽃 필 때

겨울부터 기지개를 켜고
추운 날씨에도 생명 연장을 위해
용트림을 한다

쏙 내미는 신호
사랑이 부족해서 그런가
아직은 힘이 없다.

몇 주일 지나 계속 사랑을 주었더니
쏙 또 신호를 보냈던 너
이젠 제법 토실토실했다

힘이 생기고 에너지가 생기니 또 쏙
가녀린 몸으로 한잎 두잎
아직은 때가 아닌가

기다려보자, 언제일까
기다림 속에 대답하듯
추운 날씨에도 꿋꿋하게 피었다

빨갛게 화장하고
아침마다 이쁘게 웃으면서
인사를 한다

사랑하는 이가 생겼을까
활짝 웃어 주는 너

난 요즘 너에게
자꾸만 다가가고 싶어
사랑의 흔적을 남긴다.

고마운 눈물

주룩주룩 유리창에 흐르는 눈물
하늘에서도 감동하셨나
하염없이 눈물 흘린다.

한숨 소리 그분은 아시네
농부들의 한숨 소리 들으셨네
기도 소리 하늘에 상달되어

울부짖는 소리 저 하늘에서도 들으셨나
반짝이며 화답하네
우르릉 쾅 우르릉 쾅

천둥 치며 번개로 화답한다.
이젠 가슴 치며 울지 않아도
하늘에서 통곡하는 소리 들린다.

메마른 대지를 향해 외치고
자연을 향해 외치는 소리
뜨거운 가슴으로 사랑하리

고마운 눈물 생명수 되어 흐르리
산천초목에도 아름다운 팔도강산에
빗물 되어 흘러내린다.

웨딩촬영하는 날

네가 태어날 때는
세상을 다 얻은 것이었고
우리들의 기쁨이었다

첫돌을 차릴 때는
왕관 쓰고 용포를 입고
부자 될 돈을 잡았지

유치원 보낼 때는
아침부터 줄을 서서
로또 당첨 기다렸다

대학교를 졸업하고
군대에 입대할 땐 너무 멋졌어
전역을 하고 사회에 나와서
멋지게 새 출발 했지

이제 부모의 둥지를 떠나
며느리의 남편이 되는구나
웨딩 촬영 사진을 보니
백마 탄 왕자와 천사 같았어!

인생살이

하루 이십사 시간을 쉬지 않고
목적지도 모르고 가고 또 간다
뚜벅뚜벅 걸어서 간다

새벽을 깨우는 소리에
주섬주섬 마음을 가다듬고
하루를 시작하는 문을 나선다

초침과 분침의 움직임 속에
수없이 재잘거렸을 너를 생각하니
희로애락이 스쳐 간다

집으로 가는 열차에 몸을 싣고
차창 밖을 보니 달리는 저녁노을이
고단한 나를 보고 웃으며 응원한다.

나팔꽃

활짝 핀 나팔꽃
담장 위에 누굴 보려고
자꾸만 위로 올라가는가

아침이면 새벽이슬 머금고
파릇파릇한 잎사귀
연분홍 립스틱 짙게 바르고
활짝 웃어 주는 너

내가 웃으면 같이 웃어주고
내가 슬프면 같이 슬퍼해 주고
해님이 사라지면 입을 다문다

나팔꽃 옆에 나풀나풀 강아지풀
어서 오라고 손짓하네
사람들은 서로 얼굴 마주 보면
웃지 않고 입을 가린다

7월의 희망에는 마스크 벗고
서로 마주 보며 악수하고
빨간 립스틱 바르고 싶다.

제목 : 나팔꽃
시낭송 : 박영애
스마트폰으로 QR 코드를 스캔하면
시낭송을 감상할 수 있습니다

베 짜기

아침 꼭두새벽 암탉이 세 번 울면
새벽이슬 맞으며 일어나 삼을 삼는다
기다란 장대 같은 삼나무를 삶아서
껍질을 벗기고 삼을 삼는다

호랑이 같은 시어머니 눈초리가 무서워
서두르지 않으면 불호령이 떨어진다
춥고 배고프던 시절 배곯아 가면서
허벅지가 닳아지도록 삼을 삼는다

삶아서 껍질의 뿌리를 가늘게 채를 치듯이
곱게 이로 쪼개어 실을 올려놓고 길게 이어
물레로 자아 꼬아서 타래를 만든다

곱게 채색된 치자 물을 노랗게 들이고
한 필 두 필 자식, 세끼들 흰 쌀밥 해주려고
씨실 날실을 교차하면서 베를 짠다
까만 밤 새벽닭이 울 때까지 삼을 삼는다.

반가운 빗소리

두 두둑 반가운 빗소리
얼마나 그리워하고 기다리었나

하나님께서 농부들의 한숨 소리
기도 소리 들으셨구나
가슴을 적시고 마음을 적시는
반가운 빗소리 요란하다

아침에 까치 부부가 전해준
기쁜 소식이 무엇인지 알았네
기뻐하라고, 비가 내린다고 깍깍

그 임이 천사를 보냈었구나
이 비가 마른 대지를 촉촉하게
적셔 주고 있네요

이 땅에 악귀 코로나바이러스
흐르는 빗방울에 씻기어
깨끗하게 흘러가게 하소서

활짝 핀 웃음소리가
저 하늘에 전해지도록!

고추가 익어가면

고추가 열리고 익어가면
햇볕이 따갑게 내려앉은 날
참새들은 쨱쨱 노래 부르고
모기들이 날아와 살점을 깨문다

햇살 속에 비치고 나부끼는
꽃들은 새들과 노래 부르고
나풀나풀 나비를 불러온다

가지가 열리고 토마토가 열려
아버지의 눈가에 웃음이 가득
고추는 주렁주렁 열리고

주름진 이마에는 땀방울이
송골송골 맺혀 세월의 흔적 속에
조금씩 야위어만 간다
세월이 가면 아쉬움뿐이다.

하늘정원

저 높은 하늘에서 유혹한다
어쩜 저렇게 찬란하게 유혹하는지
먼 하늘만 바라보다가 황홀함에
난 그만 시선을 멈춰 버렸다

파란 하늘에 바다가 홀딱 반해 버렸다
흰 도화지에 예쁜 그림을 그리고
붓으로 멋진 수채화를 그리고
하늘정원에서 멋진 파티를 한다

아름다운 뭉게구름 속에서
흰색 드레스 입고 왈츠의 리듬에 맞추어
경쾌하게 춤을 추고 있다

하늘을 날아가는 예쁜 새들과 향기 품은 꽃들도
아름다운 하늘 정원에서 파티한다
구름 친구들도 어디론가 바삐 가고 있다.

시간여행

비가 오면 양철 대야에 물을 받아
세숫대야에 빗물 받아서 멱을 감고
맨발로 뛰어다니던 코흘리개 시절
초가지붕에서 뚝 뚝 떨어지는 빗방울

초가 마당 진흙탕 물 바닷속에서
지렁이가 하늘에서 떨어진 줄 알고
세숫대야 머리에 쓰고 진흙탕에서
미끄러지고 넘어졌던 어릴 적 추억

그 추억 속 친구들 지금은 어디에
여름밤 실바람에 실려 온 그리움 하나
눈물 가득 사연을 담았습니다

이 밤 세차게 내리는 빗줄기
하늘에 구멍이 났나 불이 났나
요란한 음악 소리와 함께
시간 여행하고 다닙니다

청춘은 눕고 시간과 함께 익어갑니다
시간은 잡으려 해도 도망을 가고
저만치 달아나 버립니다.

해바라기 같은 당신

당신은 해바라기 같은 사람
삶이 힘이 들고 아파도
웃으면서 괜찮아하잖아
언제나 긍정적으로 사는 사람

비가 오거나 눈이 와도
바람막이가 되어 주고
햇빛을 막아주는 당신은
해만 바라보는 해바라기

바람 불고 태풍이 몰아쳐도
뿌리 깊은 소나무 같은 사람
내일 죽어도 오늘 사과나무
한 그루를 심겠다고 다짐한 그대

요즘 자꾸만 늘어가는 한숨 소리
이제 천천히 내려놓으세요
어차피 인생은 빈손으로 왔다가
빈손으로 가는데
천천히 쉼 하면서 가세요.

제목 : 해바라기 같은 당신
시낭송 : 박영애
스마트폰으로 QR 코드를 스캔하면
시낭송을 감상할 수 있습니다

제3부 내 눈에 콩깍지

신종 바이러스

신종 코로나19
어디에서 나타났나

유령인가 원인도 모르고
보이지도 않는 신종 코로나19
매일매일 바이러스들과 싸운다

아침에 눈 뜨면
확정자 소식 사망자 인원 파악
매일 일상이 되어 버린
뉴스 특보 더 많이 확산하는
코로나바이러스 감염 소식 이젠 소멸되기를

사회적 거리 두기
가까운 일가친척 심지어
가족하고도 멀리 해야 하는 재앙이다

마스크 없이는 살아갈 수 없는 일상
평범했던 일상이 소중했던
그 시절이 그립다.

언제나 기쁜 소식이 올까
마스크 벗고 악수하고 손잡고
하하 웃으면서 행복하게 살고 싶다.

칠월을 보내며

화려했던 꽃들도 바람에
떨어지고

뿌리 깊은 나무들도
바람도 뽑히고

장마로 인한 수많은 사연
가족과 생이별하고
생과 사의 갈림길에 서서

도로는 널브러져 있는 파편들
모두가 사람이 저질러 놓은
덫에 걸린 것일까

높으신 임께 기도드립니다
부디 많은 사람을
데려가지 마시고 이젠 용서하고

아름다운 새들과 함께
화려했던 추억을 기억하는
칠월이 이었으면 좋겠습니다.

제3부 내 눈에 콩깍지

힘을 내세요

비 오는 소리에
땅이 꺼져가는 소리
한숨만 늘어가는 당신
힘을 내세요
흐린 날이 있으면
맑은 날도 있겠지요

힘을 내세요
젊어서 고생은 사서도 한다고
지금까지 열심히
별을 보고 별을 따고
열심히 살아온 당신

힘을 내세요
비가 오면 우산이 되어 주고
눈이 오면 방한복이 되어 주신
열 고개 스무고개 함께한 당신
건강하기만 하세요

힘을 내세요
비 온 뒤에 땅이 굳는다고
지금은 힘이 들지만
쨍하고 해 뜰 날 있겠지요
지금은 백세시대니까
아직은 청춘입니다.

양복 한 벌

어느새 자라서 어른이 되고
부모 마음 헤아려 주는
아들이 둥지를 떠난다

두 주먹 불끈 쥐고 태어나서
이 세상 멋지게
힘차게 살아 보겠다고
홀로서기로 한 아들

이젠 부모의 둥지를 떠나
둘이 하나 되어 새 보금자리로
찾아가는구나
양복 한 벌에 많은 생각이
주마등처럼 스쳐 지나간다

아들에게 받은 양복 한 벌
젊은 청춘 불사르고
중년의 환희를 맛보며
양복 한 벌에 웃음 짓는다.

제목 : 양복 한 벌
시낭송 : 박영애
스마트폰으로 QR 코드를 스캔하면
시낭송을 감상할 수 있습니다

파란 하늘

파란 하늘에 흰 양탄자
바다와 하늘이 맞닿은 곳

흰 구름 베개 삼아
파란 하늘 이불 위에 누워서 유랑한다

여름으로 짙은 산에는
초록 물결 출렁이고
고추잠자리 떼 지어 하늘을 유영한다.

미루나무 꼭대기에
맑은 하늘 웃음 지으며
맴맴 매미가
여름 소식을 전한다

맑은 하늘 아래
이슬 머금은 나무들은
좋아라 춤을 춘다.

* 유랑한다 : 정처 없이 떠돌아다닌다.

내 삶을 눈물로 채우고

나뭇잎이 바람에
흩날리며 떨어진다
떨어지는 나뭇잎들
그 사이로 내 삶도 슬프다

바람에 부딪히는
나무가 뿌리까지 뽑힌다
내 삶도 하나씩 뽑히고 있다

흔들흔들 바람에 저항했으나
나뭇잎들이 소리 없이 떨어진다

곧게 뻗은 대나무
소리를 내고 쓰러진다
곧게 뻗어도 세찬 바람에
힘없이 무너지고 아프다.

찬란한 연꽃

초록 물결 이루는 연못에서
파란 마음 넓은 가슴으로
너를 포용하고 싶다

진흙탕 속 별처럼 찬란하고
눈부시게 아름다운
분홍 공주와 사랑을 나누고 싶다

꼿꼿한 자태의 여인
수면 위로 올라와
환하게 웃고 있다

그 사랑 오래 하지 못해
그리움만 쌓이고
하늘에서 눈물만 흐른다

진흙탕 속에서도
고고한 자태로 빛나는 너를
넓은 가슴으로 안아 주고 싶다.

바람 따라 찾아온 님

소녀의 마음처럼
가녀린 코스모스 위에
바람 따라왔습니다

짧은 여름밤의 추억이
못다 한 이야기가 점점
멀어져 가고 있습니다

아침저녁이면
창문을 닫아야 하는
시원한 바람이 불고

처량하게 울어대는
나무 위 매미 소리도
안녕이라고 인사하고

고추잠자리가 춤을 추고
나비가 꽃잎에 입 맞추고
훨훨 날아서 간다

성큼 높아진 하늘 따라
새들도 좋아라.
춤을 추는 왈츠의 행진곡으로

아버지의 손길

집 뒤 초록 물결 이루는 텃밭
아버지와 엄마의 놀이터다
04시 알람 소리에 일어나서
눈만 뜨면 채소들과 아침 인사하고
고향에 두고 온 친구들 만나러 간다

오늘은 버스를 타고 철수를 찾아
지하철을 타고 친구들 찾아 나선다
갑갑해서 걷는 걸음이 버스 타고 지하철
익살스러운 아버지의 입담
집에서 테라스까지 기차역이다

키가 훨씬 커 버린 옥수수나무
넓은 평수를 차지하는 호박넝쿨
빨간 방울토마토 보라색 가지
고구마 줄기 어느새 자라서 웃고 있었다

맑은 하늘에 해님을 그리워하고
긴 기다림으로 손짓하는 덩이
노란 황금알을 낳고
오랜만에 만난 해님과 축제한다

황금알 건져 오는 날
언덕길 내려가서 보물찾기한다
두 덩이 건져 오는 커다란 호박
부모님의 피와 땀으로
행복한 웃음꽃이 핀다.

제목 : 아버지의 손길
시낭송 : 박영애
스마트폰으로 QR 코드를 스캔하면
시낭송을 감상할 수 있습니다

74

불청객

초대하지도 않았는데
늦은 밤부터 찾아와서
많은 사람에게
피해를 주는지 모르겠다

울부짖고 창문을 두드려도
초대하지 않는 손님
문을 열어 주고 싶지 않아요

밤새도록 잠을 못 자게
괴롭히는 손님은
친구를 데려와서
곱게 자란 옥수수와 채소를
부수고 도망을 갔다

밤새 눈멀도록 토끼 눈 되어
아침 창문을 바라보니
하염없이 눈물만 흘리고 있다

초대하지 않는 불청객
무슨 불만이 있었는지
이 마을 저 마을 다니면서
훼방만 놓고 다닌다

빼꼼히 내미는 구름 속 달님
아침 햇살에 희망을 위해 기도합니다.

가랑비 내리는 날

시원한 바람이 옷깃을 스치고
조용히 내리는 빗줄기만
유리창 너머로 고개를 내밀고
하염없이 눈물 흘리고 있다

가을이라 찾아가리라던
가는 빗줄기 빨랫줄에 걸려
은구슬 방울방울 대롱대롱
거미줄과 어깨동무를 한다

옹기종기 모여서 가족회의 하던
참새들 이리저리 가랑비 피해
무거운 날개로 날아서 이동하고
비 피할 거처를 찾아 나선다

가랑비에 온 젖는다고
까치들 깍 깍깍 야단들이다
오늘따라 짹짹 깍 깍깍 노랫소리
귓가에 구슬프게 들려온다.

내 마음의 무지개

황산벌에서 말굽의 흙먼지가 되어
황량한 하늘이 울렁거린다

갈색 길 파란 마음 먹구름을 외면하고
열정의 불꽃축제 고갯길 고갯마루
오랜만에 보는 아름다움

초록색 마을을 불길에 던진다면
비상하여 파란 하늘에 올라가서
봄 빛깔 빗길에 온갖 봄꽃들이 손잡고

너도나도 이제 시작이다
흐트러진 내 마음 무지개 뜬다.

홍매화

봄비가 내리던 날
꽃이 피기를 기다리고
홍매화 꽃잎이 피기까지
얼마나 기다렸을까

똑똑 떨어지는 봄비에
빨갛게 꽃망울이 입을 벌리고
내리는 빗방울 양분되어
빨간 홍매화가 예쁘게 피었다

따뜻한 양지쪽에서 봄 햇살 받아
홍매화는 한 잎 두 잎
빨갛게 연지 곤지 찍고
사나이 가슴 설레게 한다.

이 사랑 영원히

내리는 빗방울 속에
우리의 추억을 안주 삼아
향기 그윽한 헤이즐넛 커피 마시며
영화 속 주인공처럼

내리는 빗방울 속
추억의 팝송을 들으며
한 편의 영화를 보고
희로애락 뒤로하고
오늘을 즐기렵니다

내리는 빗방울 속
바라보며 지나간 얘기
피아노 선율에 리듬을 타고

서로 어깨 마주하며
헤이즐넛 향기 커피처럼
아름다운 삶을 살렵니다

하늘이 허락해 주는 시간까지
먼 하늘 속에 그름이 걷힐 때까지
사랑하며 살렵니다.

제목 : 이 사랑 영원히
시낭송 : 박영애
스마트폰으로 QR 코드를 스캔하면
시낭송을 감상할 수 있습니다

기다림

긴 장마 폭우로 인하여
산사태 흙탕물에
몸을 맡기고 쓸쓸히
이 밤도 저물어간다

살아 있다는 기다림으로
시계 초침만 바라보고
자정이 넘어 동녘을 바라보며
하늘을 향해 간절히 기도한다

아침이 되어 동동 떠내려가는
세월의 흔적들 불러봐도 대답 없는
메아리로만 들려오는 그리움

시뻘건 흙탕물이 흐른다
얄미운 빗물과 함께
유유히 흘러서 어디로 가는가?

하루 이틀 긴긴밤
새벽 비 맞으며 들리는 소식
청천벽력 하늘이 무너지고
땅이 하늘로 치솟는다

그대는 어디에서
그 누구와 함께 있는가
오늘도 기다립니다.

가을 신부

천고마비의 계절 가을
아름답고 착한 아가씨
곱게 키워서 보낸 어머님 마음
바다처럼 넓고도 하늘처럼 높다

울긋불긋 아름다운 계절에
무지갯빛처럼 어여쁜 마음으로
우리들의 사랑 속에 다가와
아름다운 원앙 부부로 한 가족을 이루었다

웨딩드레스를 입은 어여쁜 천사
아름다운 가을과 함께
사뿐히 다가와 두 손 맞잡고
백마 탄 왕자와 아름다운 부부가 되었다

가시밭길과 꽃길도 있지만
그 사랑으로 잘 헤쳐나가 행복하게
꽃길만 걷는 아름다운 부부가 되길
두 손 모아 기도합니다.

잿빛 하늘

까만 잿빛 하늘에서
눈물이 흐릅니다

무엇이 서러운지 흐느끼면서
대성통곡을 하네요

이제는 그만 울어도
될 것 같은데요

사방을 둘러보아도
새까만 경치가 보여요

산도 까맣고 들도
나무까지도 잿빛이네요

코로나19는 점점 확산하고
점점 어두워진 하늘 희망은 사라지고
눈물만 뚝 뚝 흘리고 있네요.

가을이 오면 생각나는 사람

가을이 오면 생각나는 사람
언제나 생각나는 그 사람
지금은 어디에서 살고 있을까
행복하게 살고 있겠지

가을이 오면 생각나는 사람
코스모스 앞에서 수줍어하던 그 사람
카메라 앞에서 추억을 담고
지금은 어디에서 살고 있을까

가을이 오면 생각나는 사람
은행나무 밑에서 가을을 줍고
황엽 홍엽 그 길을 걸었던 그대
지금도 어디에서 행복하게 살고 있겠지

가을이면 맑은 하늘 속에 속마음
흰 구름 속에 파란 마음 하얀 마음
편지를 써 커다란 풍선에 매달아
그리운 소식을 띄웁니다.

제목 : 가을이 오면 생각나는 사람
시낭송 : 박영애
스마트폰으로 QR 코드를 스캔하면
시낭송을 감상할 수 있습니다

정원이 아름다운 전원주택

새소리 정겹게 지저귀고
넓은 마당엔 잔디를 깔고
소나무 개나리 진달래
뒤뜰에 장독대가 나란히

거실에는 향긋한 아메리카노 한 잔
그 향기 마당에 가득 은은하게 퍼지고
뒷들에는 포도나무에 포도가 주렁주렁

장독대엔 항아리가 가득
세월의 흔적들 빈 항아리 되어
장독대를 지킨다

땀 흘려 일구어낸 그림 같은 집

아이들과 오순도순 지낼 때는
행복이 가득가득 웃음꽃 피우고

이 층에는 테라스 예쁜 찻잔 속 그리움
문을 열면 가까운 산 수채화 그리고

경치 좋은 창가에서
지나간 세월 추억을 안주 삼아
주마등처럼 흘러가는 20년 필름 속에

꽃길만 걷던 청춘 가슴에 남아
흰머리 가을 낙엽 되어 이마에 주름이 가득
지하에는 노래방 만들어 지난 시름
토해 내듯 노랫가락에 한을 품는다.

제목 : 정원이 아름다운 전원주택
시낭송 : 박영애
스마트폰으로 QR 코드를 스캔하면
시낭송을 감상할 수 있습니다

삶과 죽음

삶은 무엇 죽음은 무엇인가
삶의 오늘은 어제 죽은 이가
그토록 그리워하는 오늘이다
아무 말도 못 하고 조용히 눈을 감았다

그는 떠났다 이 세상에서 살기 힘이
들어서 행복 찾아 하늘나라로
보이지 않는 곳으로 떠났다

남아 있는 형제 가족들 함께 있을 때
소중함을 모르고 후회를 하고
울어도 돌아오지도 않은
머나먼 하늘나라로 행복 찾아 떠났다

아직 해야 할 일이 많은데
벌써 부르시면 가야 한다고
이 아름다운 계절에 꽃바람 따라

고통이 없는 곳에서 행복하기를
두 손 모아 기도드립니다.

제4부 동지 팥죽

가을의 길목에서

아~ 아름다운 가을
한 걸음 두 걸음 두 팔 벌려
하늘 향해 소리쳐 본다

떨어지는 낙엽을 보며
초롱초롱 빛나는 청춘들처럼
젊은 날의 아름다운 시절

황엽 홍엽 물들어 가는 단풍
중년으로 가는 기차에 실려
청춘 열차 타고 여행한다.

아~ 아름다운 가을
한 걸음 두 걸음 발길 닿는 곳마다
연지 곤지 예쁘게 화장하고

사랑하는 사람과 추억을
친구들과 영원한 우정을
물들어 가는 단풍 보며 환호한다.

가을의 길목에서
상념일랑 고통일랑 모두 저 멀리
던져버리고 살며시 손잡아 보는 오늘

제목 : 가을의 길목에서
시낭송 : 박영애
스마트폰으로 QR 코드를 스캔하면
시낭송을 감상할 수 있습니다

88

동지 팥죽

길고 긴 동짓날 밤
어머니가 해 주신 동지 팥죽
군불 지펴서 김이 모락모락
새알 이쁘게 빚어야 이쁜 딸
낳는다고 옹기종기 모여 앉아

새알을 빚어서 큰 가마솥에
얼은 손 호호 불어 녹이고
아궁이에 군불 지펴서
태양보다 뜨거운 불빛 속에
고구마 구워 먹던 어린 시절

칠흑같이 어두운 골목길 어귀
닭 잡아먹고 동지 팥죽 서리하던
동네 꼬마 녀석들 지금은 어디
추억 같은 불빛들이 아롱져 온다

귀신을 쫓는다고 빨간색 물감
구석구석 신들에게 색칠하고
그림을 그리시는 화가 홍 여사님
요즘은 건강이 좋지 않다

사이버 속에서만 볼 수 있는
그림 속 동지 팥죽을 보면
사랑하는 엄마가 해 주신
동지 팥죽 먹던 시절이 그립다.

제목 : 동지 팥죽
시낭송 : 박영애
스마트폰으로 QR 코드를 스캔하면
시낭송을 감상할 수 있습니다

가난한 날의 행복

파도처럼 밀려오는 걱정에
부서지는 가장의 마음을
정답게 어루만진다

빠듯한 살림살이에 곡예를 하듯
아슬아슬했던 지난 세월이
바람처럼 흘러갔다

철없던 아이들을 달래며
약한 모습 보이지 말자고
초롱초롱한 눈빛에 희망을 걸었다

어느새 우뚝 자란 아이들이
가정을 이룬 모습을 보며
행복이 꽃필 손주를 기다린다.

희망의 꿈

이 무슨 운명의 장난인가
금방 사라질 것 같았던
코로나19 확진자 소식
광명의 빛 보일까

2.5단계 거리 두기
학교가 휴원 재택근무
모든 것이 정지되어 버린
벙어리 같은 이천이십 년

먼지보다 작은 바이러스
만물의 영장 인간이
먼지에 불과한 바이러스에
숨도 못 쉬고 살아간다

인간이 저질러 놓은 죗값이
이렇게 가혹한 형벌인가?
거리 두기 마스크 쓰고
말을 못 하도록 입을 막는다

이천이십일 년은 화려한 불꽃 축제
하늘을 훨훨 날아다닐 수 있고
마스크 벗고 웃을 수 있기를
희망의 꿈 꾸어 봅니다.

경치 좋은 찻집에 앉아

맑게 갠 가을 하늘이
투명한 구름 속 그림
아~ 가을인가요

길가에
어우러진 코스모스꽃 위에
바람 따라 가을이 왔습니다

짧은 여름밤의
못다 한 이야기가 아직도 많은데

조석으로 시원한 바람 따라
창문을 닫아야 하는 가을이 왔습니다

처량하게 울어대는 가로수 위
매미 소리도 소임을 다하고
바람 따라 갔습니다

고추잠자리 윙윙 바람 따라
가을이 왔습니다

귀뚜라미 귀뚤귀뚤
노래 부르는 가을밤

성큼 높아진 하늘 따라
가을이 왔습니다

경치 좋은 찻집에 앉아
향긋한 차 한잔 앞에 놓고
잔잔한 음악 소리 들으며
함께 할 가을이면 좋겠습니다.

제4부 동지 팥죽

태풍 전야

파란 하늘에 흰 구름 둥실둥실
떠다니는 평화로운 하늘
솜사탕 쇼용 날리고

고추잠자리가 떼를 지어
열 맞추어 나란히 하늘을
비행하고 다닌다

아침부터 매미가 맴맴
짝 찾아 구애하고
짧은 여름이 아쉬워
울고 있는 평화로운 하늘 밑

코스모스 한들한들
가녀린 허리를 흔들며 춤을 춘다

강아지풀도 살랑살랑
블루스 춤을 추고
파란 하늘을 쳐다봅니다

농부들의 일손도 바쁘다
빨간 고추, 옥수수, 호박, 가지
커다란 광주리가 가득

행복한 하루가 가고
저녁 하늘에 검은 구름이
달을 가려서 반달이 점점
눈썹만 남기고 사라졌다

밤새 내린 비와 바람으로
태풍이라는 거대한 괴물 카눈이
이 평화로운 행복한 모습을
모두 빼앗아 가 버렸다.

축복의 선물

첫눈이 내리는 날
흰 꽃송이가 송이송이
바람에 흩날리고 있을 때
축복의 선물을 받았다

너무도 기다리고 기다리던
하얀 눈송이가 어찌나 예쁘던지
손으로 받아서 간직하고 싶었다

눈 깜빡할 새
뜻밖의 선물을 주고 간 천사가
얼마나 고마운지
두근거리는 마음 설레인다

가슴은 쿵쾅거리고
하늘을 날아갈 듯이 기뻤다

전화기 너머에서 들리는
아들의 기뻐하는 소리는
지금도 생생하여 잊을 수가 없다

천사의 깜빡이는 눈을 보는 순간
저 깊은 마음에서 흘러나오는
뜨거운 전율을 온몸으로 느꼈다

사랑하는 아가야
너는 별처럼 아빠와 엄마에게
소중한 축복의 선물이란다

가장 사랑스럽고 축복받은 천사야
이 세상에서 빛과 소금이 되기 바란다.

어머니의 사랑은 끝이 없다

봄에 씨앗을 뿌리고 모종을 하던 텃밭은
어느새 커다란 슈퍼마켓이 되었다

"원자야 고구마꽃이 피었다
내가 살면서 한 번도 고구마꽃은 못 보았는데
작년에 이어 올해도 보라색으로 예쁘게 피었구나"

얼마나 바쁘게 사셨으면 고구마꽃을 못 보았을까
자식으로서 가슴이 아려온다

"엄마가 너 보여 주려고 사진 찍어놨다"
고구마꽃이 엄마처럼 참 예쁘네
텃밭으로 가서 사진을 찍고 사방을 둘러서
함박웃음이 가득한 밭고랑에 흔적을 남겼다

여름에 상추, 가지, 오이, 충분히 나누어 먹었는데
가을에도 슈퍼마켓에 물건들이 수북하다
호박은 어머니께서 식당에서 얻어 온 씨를 심었는데
넓은 평수를 차지하더니 얼씨구 풍년일세
따도 따도 열리고 자고 일어나면 또 열렸다

작년 봄에 사서 온 포도나무에서 보라 꽃이 주렁주렁
대추나무에서 대추가 열려서 콧노래 부르면서 땄다
올해는 콩도 따고, 고구마도 캐고 감자도 캐고
어머니는 호미를 내려놓을 틈도 없이 바빴다

자식들 나누어 줄 생각에 힘드신 줄도 모르고
등줄기에는 하얀 소금꽃이 피었다

아버지는 밤새 자라나는 채소들을 창문 너머로
들여다보며 많이 컸다 잘 자란다고 하시면서
점점 야위어진 몸으로 슈퍼마켓에 물건을 지켰다

올겨울에는 어머니의 사랑이 가득한
텃밭 슈퍼마켓에 저장한 야채를 가지고
감칠맛 나는 김장 김치를 담가야겠다.

안녕 2020년

다사다난했던 경자년
차표도 없이 승차한 청춘 열차는
이제 곧 종착역에 도착하게 됩니다

바쁘게 뛰어온 사람 누구나 침묵하고
마스크 쓰고 입 닫고 코 닫고
거리 두기로 숨죽이며 살아온 한 해
코로나19 때문에 고통받은 임들이여
힘을 내세요

우리 모두 행복하게 극복합시다
2020년 12호 청춘 열차는
인생 역에 도착하고,
2021년 1호 청춘열차가 손 흔들고
기다립니다

안녕 경자년 코로나19는 빠이빠이
코로나19는 다시는 오지 마라
우리는 청춘열차 타고 끝없이
펼쳐질 세상을 달려갈 것입니다

세상 모든 근심 걱정 뒤로하고
행복 싣고 사랑 싣고 건강 싣고
이 세상 모든 행복과 웃음 싣고
출발하지요

불행은 모두 하차시키고
행복과 기쁨만 가득 싣고
끝없이 펼쳐진 청춘열차 달려 보자

신축년 흰 소를 타고 달려봅시다.

12월의 찬가

지난날 나의 삶이
힘이 들고 지쳐 있을 때
아버지는 등 뒤에서
등불이 되어 주셨습니다

내가 살아가는 동안
지금까지 인도해 주시고
함께해 주신 덕분에
희망의 등불이 되었습니다

고단한 인생길에서
새로운 희망과 용기를
심어 주셨고 인도해 주셨습니다

부족한 나의 삶들이
아버지의 보살핌으로
어려운 관문을 통과하여
빛나는 면류관을 쓸 수 있었습니다.

사랑하는 아가야

귀여운 아가야
사랑스러운 아가야
어느 별에서 왔니
깜빡이는 초롱초롱한 눈빛
자석이 붙어 있나
빨려 들어가려 한다.

오물오물 맛있게 먹고 있는 입
예쁜 새 부리 갖고
옹알거리는 네 입술이 사랑스럽다

이게 뭐야 호기심 많은
천재 우리 아가야
꼭꼭 뇌 바구니 속에 채워라

아장아장 한 걸음 옮길 때마다
입가에는 함박웃음이 솟아오른다

뒤뚱뒤뚱 넘어질 듯
오뚝이 잘도 일어나네

너와 함께 있으면
하루가 해바라기요
장미꽃처럼 환하다.

103

첫사랑 그 임을 찾아서

타임머신을 타고서
과거와 현재 미래를
유랑하면서 잠 못 이루고
하얀 밤 꿈속에서 헤맨다

무수히 많은 별 들 중에
나에게 큐피드를 날리는
그 화살의 주인공을 찾아
까만 밤을 하얗게 지새우고

빛나는 별을 보려고
우주에서 신비로움과 함께
달나라 구경을 다닌다

한 번도 가 보지 않은
그 길에서 희망 가득한
꿈을 찾아 빛나는 별을 찾아서

매미의 구애

한여름 뜨거운 햇살
교정에 앉아 서로 구애하는
매미들 노랫소리에 하늘은 본다

짧은 날의 생애를 위해
소리 높여 날갯짓하고
서로 아름다운 소리로
마지막 구애를 하고 떠난다

높은 장대에 매달려
목청껏 불러 아름다운 화음으로
연주하고 합창한다.

애처롭게 울어대는 매미야
너도 아는구나 인간 세상도
슬퍼하는 계절이라는 것을
이 계절이 가기 전에 슬픔이
사라졌으면 좋겠다

여름날 뜨거운 햇살은
서서히 바람과 함께
슬픔만 남기고 사라져 간다.

추억의 놀이

손이 꽁꽁 발이 꽁꽁
추운 겨울날 얼음 냇가에 나가
친구들과 함께 썰매를 타고
나무로 깎은 팽이를 돌리고 놀았다

배고픈 줄도 모르고
눈썰매 타고 팽이 돌리고
해는 서산으로 뉘엿뉘엿

흙 마당에 푹 주저앉아서
옷은 더러워질 대로 더러워지고
시간이 가는 줄도 모르고
엄마가 찾는 소리에 끝이 난다

가슴 시린 겨울이 되니
그 시절 같이 뛰어놀던
친구들이 생각난다

중년이 되고 보니
너희들도 나처럼
머리에 하얀 서리 내리고
추억을 생각하고 있겠지.

제목 : 추억의 놀이
시낭송 : 박영애
스마트폰으로 QR 코드를 스캔하면
시낭송을 감상할 수 있습니다

106

눈사람

하늘에서 솜사탕이 하얗게 내려오고
우리들 마음속에 기다리고 있는 하얀 눈
봄을 기다리는 새싹들이 깜짝 놀라
너무 추워서 숨어 버렸어요

어이쿠 봄인가 했더니 겨울인가 봐
나무 위에도 예쁘게 눈꽃이 피었어요

바람과 함께 어디로 향해 가는지
흩날리는 예쁜 눈꽃 송이
우리들 마음속에 예쁘게 간직하고픈
추억을 소환해 주네요

눈송이를 곱게 굴려서 눈사람을 만들고
눈 코 입도 숯검정으로 신랑 신부 예쁜 눈사람
눈송이를 굴려서 이쁜 집 지어주고
오손도손 행복하게 하얀 나라 하얀 세상 만들자.

사월의 시

눈이 부시도록 아름다운 계절
너무 아름다워 눈물이 난다
가로수에 벚꽃들이 유혹한다

눈이 부시도록 아름다운 계절
꽃들의 유혹에 걸음을 멈추고
발길을 옮기는 곳마다
꽃들의 향연에 웃음 짓는다

꽃과 나비 되어 훨훨 날아
꽃과 사랑에 빠져보기도 하고
향기에 취해 흔들거리기도 하고
아름다운 계절에 맘껏 즐기고 싶다

백 년도 살지 못할 인생
꿈꾸듯 꽃들의 향기에 취해
맘껏 즐기면서 살아보자

아름다운 계절에 푹 빠져서
인생을 즐기면서 사는 것도
때로는 필요하지 않을까?
사월의 시처럼 살고 싶다.

여름이 다가오면

싱그러운 초록 잎들이
너울너울 블루스 춤추고
바람과 함께 입을 맞춘다

개망초가 나 좀 봐요
함께 손잡고 놀자고
궁둥이 내밀고 유혹하네

금계 화가 황금빛으로
화려하게 춤을 추고
어서 오라고 손짓한다

능소화가 담장에 올라
떠난 임 그리워

목을 빼고 올려다본다

파란 하늘에 흰 구름 두둥실
실개천에는 송사리 떼
개구리 개골개골 울어대는

아~ 밤꽃이 필 때면 생각나는
정든 임 그리운 사랑이여

제목 : 여름이 다가오면
시낭송 : 박영애
스마트폰으로 QR 코드를 스캔하면
시낭송을 감상할 수 있습니다

떠나는 가을아

푸르고 푸른 너를 보았을 때
항상 싱그럽고 푸르스름할 줄 알았지
가을바람 소슬하게 불어오니
붉은 옷을 갈아입는구나

나도 너처럼
늘 청춘인 줄 알았는데
청춘을 데려간 세월이 야속하다
순리대로 한세월 또 살아봐야지

세월을 따라가다 보니
육신은 사위어 갔어도
아직도 뜨거운 내 가슴은
이팔청춘 붉은 단심이라네

온 산을 무대 삼아
울긋불긋 색동옷 갈아입고
술에 취한 듯 춤을 추는
단풍아 너는 참 예쁘구나

가을이 떠나기 전에
내 소식 좀 전해다오
흰 눈이 내리는 겨울에
교정에서 우리 만나자고

별들의 축제

코로나바이러스로 빼앗긴 2년
별나라 별님들이 모인 자리
나도 그 속에 끼고 싶어서
설렘 안고 달려갔다

별나라 속에는
어떤 별들이 있을까?
즐거움 안고 행복 찾아
떠나는 여행길은 행복한 길

온통 하얀 나라 하얀 세상
그 어느 곳에도 내가 찾는
별이 없어서 눈만 휘둥그레

앞을 보아도 뒤를 보아도
도무지 알 수 없는 하얀 세상
별나라 속에 꽃들이 있었다

무대 위에 커튼이 올라가고
너무 멋지고 빛나는 별들이
반짝반짝 무대를 가득 채웠다

나도 빛나는 별이 되었다.

추억의 선물

하늘에서 선물이 떨어진다
아이들처럼 좋아라
이리 뛰고 저리 뛰는
어린 소녀가 된다

나무 위의 꽃송이
하얀 추억의 선물
소복소복 쌓여서
행복한 미소로 반긴다

나뭇가지마다
하얀 꽃이 예쁘게
송이송이 미소로 피어난다

추억의 그리움이
하얗게 쌓이고
동심으로 나를 데려간다

눈 위에 구두 발자국
추억 속의 그대를 찾아
그리운 마음 전한다.

제목 : 추억의 선물
시낭송 : 박영애
스마트폰으로 QR 코드를 스캔하면
시낭송을 감상할 수 있습니다

제5부 사랑하는 그대여

삼일절 기념 영원히 지지 않는 꽃

꽃다운 나이 이팔청춘
가시밭길 무서운 줄 모르고
청춘을 바친 열사들이여
백년이 흘러 다시
새겨보는 대한독립 만세

피 끓는 젊음을 조국을 위해
몸 바치셨던 처절한 현장에서
오직 나라를 위해 찢어지는 마음
얼마나 아프셨습니까?

파란만장한 역사의 소용돌이 속에서
피 흘리시고 총, 칼에 찔리면서도
잃어버린 나라를 위해
몸 바치셨던 그대들은!

서대문 형무소에서
영원히 지지 않는 정열의 꽃
무궁화꽃 피우셨습니다

백년이 흘러도 그대들은
영원히 지지 않는 꽃
정열의 꽃 피우셨습니다
그대들을 잊지 않겠습니다.

목련화

파란 하늘 햇살 속에서
웨딩드레스 입은 3월의 신부처럼
참 곱기도 합니다

여기저기
봄 잔치 꽃 잔치하러
사뿐사뿐 걸어오는 사랑아

이 봄날이 다 가기 전에
마음껏 사랑하고
그리워하다 미워하게끔

살포시 내보이다가 닫아버리는
얄미운 나의 햇살이여

천사 같은 순백의 설렘마저
이루어질 수 없는 사랑일지라도
당신만을 사랑하렵니다.

제5부 사랑하는 그대여

화랑유원지에서

높고 푸른 가을 햇살 아래
노랗게 물들어 가는 은행잎
빨간 단풍잎 형형색색의 나뭇잎
가을동화 에덴동산에 온 것 같다

강을 따라 둘레길에 곳곳마다
줄지어 서 있는 시화전 축제장
안산 자락에 아름다운 단풍과
호숫가 주변 시에 담긴 사연들

맑고 푸른 가을날 여류 작가들
무슨 사연 들고나왔을까?
호숫가에 둘러앉아 하하 호호
즐겁게 이야기꽃을 피운다

살랑살랑 불어오는 가을바람에
갈대가 음악에 맞춰 춤을 추고
마을 거리거리마다 축제의 소리
난 가을을 노래하는 시인이 된다.

봄날의 향연

싱그러운 아침 햇살은
이슬을 머금고 피어나고
바람결에 밀려오는 꽃향기는
벌과 나비들을 유혹한다

낮은 담장 위로 고개를 내미는
노란 개나리가 봄이 왔음을
질투하는 꽃샘추위가 방해해도
잔잔하게 그리고 느리게
봄이 우리 곁에 와 있다

산 너머 남촌에는 매화가
목련이 곱게 꽃단장하고
상춘객들을 초대한다.
산수유가 참 곱기도 하다

꽃들의 눈물은 슬픔의 눈물인가
추운 날 지나서 기쁨의 눈물인가
긴 겨울잠에서 깨어난 개구리
힘차게 노래 부른다

두꺼운 옷 벗어던지고
꽃들이 어화둥둥 지화자
좋아라 춤을 춘다
봄의 왈츠를 춘다.

2월의 선물

눈 속에 복수초 아가씨
얼었던 땅 녹이고
희망의 메시지 가지고
봄바람 타고 옵니다

강변에 노랑 병아리
산 너머 남촌에 아가씨
희망의 메시지 가지고
아장아장 걸어옵니다

북풍한설 몰아내고
버들강아지 동면에서 깨어나
살랑살랑 꼬리 흔들며
사뿐사뿐 걸어옵니다

진분홍 매화 아가씨
청초하고 우아한 모습으로
싱그럽고 화사하게 온 천지를
아름답게 수채화로 수를 놓고

윙윙 하늘을 날아다니는
벌과 나비는 언제나 오는지
저 반달이 꽉 차서 보름달 되어
떠오르면 오려는지 기다려진다.

행운의 꽃

꽃술에 희망이 주렁주렁
이사 와서 같이 지내게 된
입양한 아이를 데리고 왔다
가늘고 바짝 마른 앙상한 뼈대만
남아 있는 아이가 꽃을 피웠다

정성으로 보살펴 주었더니
처녀 젖가슴처럼 봉긋봉긋
수줍어하더니 핑크빛으로
예쁘게 피어오르고 있다

한 송이의 꽃을 피우기 위해
얼마나 많은 눈물을 흘렸을까
10년 동안 아니 그보다도 더
많은 눈물을 흘렸을지도 몰라
그 꽃 속에서 희망을 보았다

아침마다 희망을 주기 위해
우리에게 행운을 주기 위해
행복이 높이 높이 하늘 저 멀리
이 향기가 멀리 퍼지기를 바란다.

제5부 사랑하는 그대여

사계절 선물

봄에는 연두와 새싹으로
생동하는 계절과 함께
긴긴밤 동굴 속에서
깨어나는 이쁜 새싹들
부지런히 일어나라고 한다

연두색이 이쁘다고 아우성칠 때
서서히 기지개를 켜고
자라는 초록 나무들
고개를 들고 따뜻한 햇볕
양분을 찾아 양지 밭으로 간다

사랑을 듬뿍 받은 나무는
알록달록 화려한 원피스 입고
비발디 멜로디에 맞추어
발라드 춤을 춘다

엄마는 아기를 위해 젖을 먹이고
아기는 엄마 젖을 먹고
무럭무럭 잘 자라고 성장한다
받은 사랑 되돌리고
그리움만 남기고 홀연히 떠난다.

제목 : 사계절 선물
시낭송 : 박영애
스마트폰으로 QR 코드를 스캔하면
시낭송을 감상할 수 있습니다

겨울 애상

겨울이 되면 냇가에서
얼음 깨고 빨래하던 그 시절
깊고 깊은 뇌 속에서
디딜방아를 찧고 있다

큰 바위 속에 수정 고드름
얼은 손 호호 불며
따 먹던 아이스크림보다 맛있는
그 맛은 누구의 솜씨보다
자연이 주는 사랑의 선물이다.

고드름 따다가 칼싸움하던
청군 백군 정의의 용사들
싸움터에서 놀던 그 친구들
겨울바람과 함께
사무치게 그립구나!

제목 : 겨울 애상
시낭송 : 박영애
스마트폰으로 QR 코드를 스캔하면
시낭송을 감상할 수 있습니다

구절초 연가

굽이굽이 돌아서
가을을 여는 축제장으로
순수하고 예쁜 별꽃
구절초 너를 찾아왔다

여기는 꽃들이 있고
아름다운 새 소리
울창한 나무
예쁜 들꽃들이
어서 오라고 손짓한다

이곳에서 마음을 내려놓고
함박웃음 행복한 추억 보따리
가득 담고 날고 싶다

여기저기서 함성이
행복을 찾는 소리
올라갈 때 무거운 짐
다 내려놓고 발걸음도
가볍게 사뿐사뿐 걸어오네!

새해 새 아침

제야의 종소리를 들으며
희망에 찬 새해를 맞으러
해맞이 떠나는 행렬들

두근거리는 가슴으로
새로운 기운이 열리는
강렬한 해를 가슴에 품고
두 손 모아 기도를 한다

희망이 솟아오른다.
감격의 눈물을 흘리며
저 떠오르는 태양을 향해
두 손 모아 기도한다

붉은 바다는 말한다
신축년 힘들었던 모든 것
아쉬운 것은 떠나보내고
새로운 해를 맞이하라고

흑화처럼 강인한 힘을
용맹스럽게 전진하는 한 해
임인년 붉은 태양이 솟아라.

사랑하는 그대여

사랑하는 그대여
같은 하늘 아래에서
작은 것에 행복을 느끼며

힘든 날도 좋은 날도 함께
사랑으로 감싸안으며
서로에게 큰 힘이 되고

어느 곳에 있어도
고마운 인연이기에
끈끈한 사랑으로 이어져

같이 있어도 보고 싶은
국화꽃처럼 그윽한 향기로
가슴 가득 차오르는 그대여

세상 사는 동안
따뜻한 정 나누면서
영원히 사랑하며 행복하게

태양이 식을 때까지
사랑하며 살아갑시다.

제목 : 사랑하는 그대여
시낭송 : 박영애
스마트폰으로 QR 코드를 스캔하면
시낭송을 감상할 수 있습니다

북극곰의 비애

추운 겨울 얼음 위에서
정든 고향을 버리고
얼음을 빼앗기고
뜨거운 바다로 향한다

지구의 온난화로
얼음이 녹으면서
동토를 보금자리로

하얀 눈 위의 발자국
고향을 버리고 온
바다코끼리 북극곰

뜨거워지는 지구 때문에
갈 곳 잃어 헤매는
북극 봄을 보면서

아름다운 지구 버리고
제2의 삶의 터전
화성으로 갈까 염려스럽다.

겨울에 피는 장미

오월의 여왕 장미
아직도 떠나지 못하고
창가에 빨간 립스틱 바르고
환하게 웃으며 반갑게 인사한다

꽃을 가꾸는 아저씨
시들어가는 장미에
물을 주고 사랑 쏟더니

어느 날 창가에서
살며시 꽃과 함께 다가와
미소를 머금게 하는구나
여보 장미꽃이 피었어

장미도 우리처럼 가는 세월
아쉬워서 떠나지! 못하고
창가에 서성거리고 있다

겨울에 피는 장미야
아직도 떠나지 못하고
그 누구를 기다리고 있니?

갈바람

그 곱고 예쁜 단풍잎
초라하게 바람에
흩날리고 우수에 젖어

연약해진 서글픈 잎새
그리운 추억만 남긴 채
낙엽 되어 떠나간다

늦가을 소슬바람에
서걱서걱 갈대의 숲
쓸쓸함으로 다가온다

곱게 물든 노을 속에
철새들 고향 찾아
겨울로 가는 기차 타고

쓸쓸히 나뒹구는 낙엽
갈바람과 함께
먼 여행을 떠난다.

돌아오지 못한 가족들

아들의 생일날 미역국을
끓여놓고 생애 마지막 생일날
엄마가 끓여준 미역국은 먹고 갔는지
주인 잃은 미역국은 슬피 운다

이렇게 짧은 찰나의 시간
아들은 엄마를 잃어버리고
엄마는 가족을 찾기 위해
젖 먹던 힘까지 보태어 찾았는데
아쉬운 죽음의 모습으로 나타났다

무너진 잔해물 아수라장이
광주 합동 영결식장에는 그 마음
하늘도 아시는지 종일
슬픈 눈물비만 내리고 있다

임들은 갔습니다
오늘이 마지막이 될 줄
어떻게 알았단 말인가
한 치 앞도 못 보는 게 우리네 인생

이 또한 안전불감증 때문에
천재지변이 한두 번도 아니고
돌다리도 두들겨보고 건너야지
인재로 일어난 엄청난 사건이다

노란 나비들 슬픈 날갯짓으로
마스크 쓰고 나타나셨네
다시는 이렇게 존귀한 인명피해
일어나지 않았으면 좋겠습니다.

백신 접종

세상을 떠들썩하게
만드는 코로나19
이제는 안녕이다

세계가 놀라서
꼼짝도 못 하게 만드는
바이러스 앞에서

인간은 스스로
숙제를 해야 한다

백신을 맞고 나서
어디서 나온 자신감인지

힘이 솟는다
용기가 생긴다
바이러스와 대적해도
이길 힘이 생긴다

마스크 벗을 날
빨리 왔으면 좋겠다.

아버지의 지게

어릴 적 아버지 어깨는
항상 무거운 짐으로
지게는 아버지 키보다 높았다.

멀리서 보면 지게 위에는
낙엽이 수북했다
덩치 큰 나무가 빼곡히
나이테만큼 쌓여 있다

지게는 가는 세월과 함께
아버지의 손과 발이 되어 주고
넓은 어깨는 점점 좁아지고
마음도 좁아지고 있다

쓰디쓴 술이 유일한 친구 되어
술친구와 함께
낡은 추억을 이야기한다.

황혼길도 술과 친구 되어
낙엽이 쌓이듯 수북이 쌓인
나이테 하얀 먼지만
쌓여 있는 아버지의 지게

지게 위에 쌓여 있는
아버지의 서글픈 눈물
이별 편지가 가득 들어 있다.

제목 : 아버지의 지게
시낭송 : 박영애
스마트폰으로 QR 코드를 스캔하면
시낭송을 감상할 수 있습니다

제5부 사랑하는 그대여

꿈속의 공주님

새근새근 잠자는 아기 옆에는
동물들이 춤을 추고
나비가 나풀나풀 날아다닌다

잔잔한 브람스 자장가 울려 퍼지고
아가는 무슨 꿈을 꾸고 있는지
생긋이 웃으면서 잠을 잔다

꿈나라에는 어떤 세상이 있을까
울다가 웃다가 다시 조용히 눈을 감는다
또 다른 세상에서 행복한 미소 짓는다

아직 경험하지 않는 세상이 두려운 건지
눈을 감고 뜨지 않는다
그래도 멋진 세상 바라보면서
아기는 환하게 웃으며 잠이 든다.

하모니카 부는 사나이

흰 눈이 소복이 내리는
창가에 우두커니 앉아서
들숨 날숨으로 하모니카 부는
두 눈에 눈가는 축축하다

지나간 시절 회상하면서
청춘을 불사르던 시절
애절하게 들리는 하모니카 소리에
이 밤 고요한 장막을 깬다

가슴속에 맺혀진 응어리진
피맺힌 사연 가슴에 담아
천상에서 들리는 애절한 노래
그 누구인들 슬프지 않겠는가

향긋하게 피어오르는 커피 향
고요하게 들려오는 노랫소리와
이 밤 고독한 시간 그 누구와
그리운 사연을 이야기할까요

제목 : 하모니카 부는 사나이
시낭송 : 박영애
스마트폰으로 QR 코드를 스캔하면
시낭송을 감상할 수 있습니다

설중매

서리 눈 칼바람 온몸으로 맞서고
잠에서 깨어 하얀 솜이불 위에
덕지덕지 붙은 얼음을 밀어내고
긴 잠에서 깨어나 기지개를 켠다

겨울이 너무도 길었던 탓인지
부스스한 얼굴 밤인지 낮인지
세상이 바뀐 것인지 분별할 수가 없다

어느새 기후가 다른 녀석이 왔는지
철이 없고 눈을 뜨는 나를 예쁘게
봐줄 것 같은 예감에 아이스크림
화장을 하고 희망의 웃음을 짓는다

온화한 해님 두 팔 벌려 가슴에 안고
짙은 눈썹 마스카라 핑크빛 립스틱
연두색 옷 갈아입고 희망 않고
화사한 새 생명으로 태어난다.

사색의 향기

지저귀는 새소리가 상쾌한 아침에
한들한들 바람에 나부끼는 갈잎 사이로
새벽이슬 맞으며 걷는다

한 잎 두 잎 떨어지는 낙엽을 밟으며
파란 가을 하늘을 향해
오늘은 무슨 행운이 기다리고 있을까
하루하루가 새로운 날 기대해 본다

푸르름을 자랑하던 나무들이
알록달록 예쁜 옷으로 갈아입고
가을 나들이를 간다

한적한 골목길 마지막을 장식하기 위해
피어난 수국 얼굴은 불그스레 화장하고
노랑 저고리에 갈색 치마 두르고
가을을 떠나보낸다.

제부도의 추억

아카시아 향기 날리고
초록 물결 넘실대는 들판을 지나
갈매기가 안내하는 서해에서
그 옛날 코흘리개 친구들
설렘으로 대부도에서 만났다

서해랑 장목항에 도착하니
케이블카 추억이 기다리고 있다
한 컷 한 컷 추억을 담고
끼룩끼룩 갈매기 웃음을 나른다

바닷물이 도로에 잠길 때
선착장에 줄지에 서 있는
차들 졸고 있다
바닷길이 열릴 때는 환호성을 울렸다

우리의 마음을 폭죽 터트리면서
저 높은 하늘에 퍼 올렸다
아이들처럼 좋아라 춤을 추고
추억 앨범에 저장했다

그동안 삶이 비탈길이었다면
제2의 인생은 활짝 핀 꽃처럼
꽃길만 걸으면서 살아갔으면 좋겠다.

여자의 일생

주름진 얼굴은 살아온 삶의 무게
여장부의 삶으로 가족을 책임지며
살아온 세월 옹이진 손과 발
옹이진 마음에는 서리가 내린다

축 늘어진 어깨의 무게는 천근만근
삐걱거리는 관절 부실해진 허리
눈은 더듬더듬 귀는 메아리쳐서 들리고
병원 문을 내 집인 양 넘나든다.

적신호에 불이 켜진 몸뚱이
기계도 고장이 나면 교체하는데
100세까지 가려면 몇 번을 교체해야
안전하게 살아갈 수 있을까

지나가는 봄바람아
외로운 가슴에 친구가 되어 주렴
푸념과 구시렁구시렁 소리도
괜스레 가슴이 먹먹해집니다.

제목 : 여자의 일생
시낭송 : 박영애
스마트폰으로 QR 코드를 스캔하면
시낭송을 감상할 수 있습니다

오일장

오일장 가는 길
바람 따라 향기 따라
설렘으로 여행하며
시장에서 봄 향기 맡는다

그리움이 머무는 그곳
봄동에 미나리 달래 향기
쑥 향기는 골목 어귀까지
발걸음을 재촉한다

할머니들의 바구니에
나물이 가득 흥정한다
100원 깎아 달라는 소리
덤으로 한 움큼 검은 봉지에 가득

향수의 맛 파전에
바다의 내음 해물 듬뿍 넣고
막걸리 한 사발로 목 축이고
추억의 맛을 마신다

비좁은 장터 골목길
참기름 냄새가 어느
신혼집 깨 볶는 소리가
장터에 가득 행복을 준다.

제목 : 오일장
시낭송 : 박영애
스마트폰으로 QR 코드를 스캔하면
시낭송을 감상할 수 있습니다

세 번째 스무 살

요란한 장맛비 속에서
멍하니 창밖을 바라보니
저 빗속에 쓸쓸하게 걷고 있는
지난날의 내가 보인다

허물어진 담벼락엔
웅크린 것들이 숨어 있고
시멘트 속에서 핀 민들레를 보니
어둠과 스산함이 교차한다

척박한 땅에서도 솟아오르는
민들레는 노란 꽃을 피우고
벌과 나비에게 꿀을 준다
늘 도전하는 너를 닮아가고 있다

자연 속에서 인생을 배우고
아름다운 꽃들을 보며
한 송이 꽃을 피우기 위해
흔들리는 바람에도 꺾이지 않았다

세 번째 스무 살
아름다운 꽃처럼 향기를 내며
벌과 나비에게 달콤한 꿀을 주고
갈매기처럼 훨훨 날고 싶었던
꿈을 회상해 본다.

제5부 사랑하는 그대여

겨울 아이

첫눈이 온 세상을 하얗게 하얗게
소복소복 내리는 날

하얀 눈을 데굴데굴 굴려서
동그랗게 동그랗게 눈사람을 만들자

못난이 삼형제 의자 위에 세우고
겨울 나뭇가지 꺾어서
눈썹도 코도 입도 붙이고

생기를 부어주면 넌 사람이야
까만 밤 하얗게 지새우고
늦게까지 누구를 기다리고 있을까

겨울 아이는 추워서 손이 꽁꽁 발이 꽁꽁
털실로 짠 모자도 씌우고
장갑, 양말도 입혀주어야지

복수초

북풍한설 바위틈 눈 위에
노란 꽃신 신고 별 찾아
눈길을 걸어왔구나

눈보라 찬 서리 안고
혹한의 바람을 이기고
노랑 저고리 초록 치마
노란 꽃신 신고

봄소식 전해 주러
눈 위를 걸어왔구나

하얀 이불에 둘러싸인
아가들도 하나둘씩
기지개 켜고 만세 부른다

꽁꽁 얼어버린 땅속에서
긴밀한 밀어를 나누었나
고개 내미는 노란 복수초
반갑다고 인사를 한다.

제5부 사랑하는 그대여

겨울 이야기

앙상한 가지만 남은
겨울나무 사이사이로
새하얀 도화지에 수채화
그 속에 사연을 담는다

쇠붙이도 녹일 것 같은
패기 있고 젊은 청춘은
어느덧 세월을 등지고
과거로 가려고 한다

추억을 가득 담은 고향에
두고 온 순이는 잘 있는지
지금쯤 흰 서리 내리고
황혼으로 가는 열차에
탑승은 잘했는지

차가운 겨울바람에
검정 코트 주머니 속은
따뜻한 난로가 되고
도란도란 속삭이는 발걸음

봄으로 가는 길목에서
석양 노을이 재촉한다
추억의 앨범 속에 차곡차곡
쌓아두고 지나간 사랑 이야기

희망

조용히 귀 열고 들어봐
귀에 은은히 들린다
잠자던 아가들이 이 소리 듣고
순서대로 줄 서서 일어난다

겨우내 땅속에서 기다리던
나목이 기지개를 켜고
새싹을 틔우고 입술을 벌려
봄이 왔음을 알려준다

마른 대지를 촉촉이 적셔주는
눈물이 봄을 기다리는 아가들에게
파릇파릇 방긋방긋
기쁨을 주고 희망을 준다.

제5부 사랑하는 그대여

꽃 피는 삼월

남원자 시집

2024년 3월 6일 초판 1쇄
2024년 3월 8일 발행
지 은 이 : 남원자
펴 낸 이 : 김락호
디자인 편집 : 이은희
기 획 : 시사랑음악사랑
연 락 처 : 1899-1341
홈페이지 주소 : www.poemmusic.net
E-Mail : poemarts@hanmail.net

정가 : 12,000원
ISBN : 979-11-6284-519-6